平线下的星

李玮炜 著

潘婷婷 绘

花山文艺出版社

河北 · 石家庄

图书在版编目（CIP）数据

地平线下的星星 / 李玮炜著 ; 潘婷婷绘. -- 石家庄 : 花山文艺出版社, 2022.11
ISBN 978-7-5511-6335-4

Ⅰ. ①地… Ⅱ. ①李… ②潘… Ⅲ. ①诗集－中国－当代②插图(绘画)－作品集－中国－现代 Ⅳ. ①I227 ②J228.5

中国版本图书馆CIP数据核字(2022)第208391号

书　　名：地平线下的星星
Dipingxian Xia De Xingxing
著　　者：李玮炜

责任编辑：王李子
责任校对：李　伟
装帧设计：优盛文化
美术编辑：王爱芹
出版发行：花山文艺出版社（邮政编码：050061）
（河北省石家庄市友谊北大街330号）
销售热线：0311-88643221 / 34 / 48
印　　刷：三河市华晨印务有限公司
经　　销：新华书店
开　　本：880 毫米×1230 毫米　1/32
印　　张：5.5
字　　数：100千字
版　　次：2023年6月第1版
2023年6月第1次印刷
书　　号：ISBN 978-7-5511-6335-4
定　　价：58.00元

《地平线下的星星》是一部诗歌和插画合集，是文学和绘画在艺术领域的一次合作，精选了李玮炜一百余首诗歌和潘婷婷绘制的二十幅与之相关的插画。

两位创作者通过文字和图画在精神层面进行了一次对话，体现了跨界融合和相互阐释的一种可能。我们可以以此作为一扇门，走进创作者的精神世界。

目 录
Contents

1 **你如果是一棵树**

4 野兽国

6 清明

7 对话

8 给孩子读诗

10 你将要长成一棵树

11 你如果是一棵树

12 春天的风暴

13 妈妈

14 爷爷

15 致孩子

16 湖畔浴场

18 玻璃房子

19 孩子的答案

20 问

21 癌症

22 去年春天

23 夏夜
25 早晨
26 丛林深处
27 落日时穿越大桥
28 冬日随想
30 习惯

33 **异乡人**

36 异乡人
37 伯明翰
39 伍德霍尔温泉
41 再见，大不列颠
43 花园
44 初冬
45 大英博物馆
47 殷墟
49 记忆片段
50 一闪一闪
52 春天的问候
54 在苏姆斯卡娅大街
55 黄村的雨

56　窗外
57　无题
59　云中漫步
60　明天的线索
61　沿途
63　亚细亚的空气
64　雅芳河畔
65　河流
66　第聂伯河畔
67　布卢姆茨伯里之夜
70　布拉德盖特公园
72　松花江畔
74　终于
75　时间的旅行者
76　十二月的黎明
77　窗
78　虚构
80　在中央车站
81　在高尔基公园
83　英格兰的雨
84　通往丛林的雪路
85　边界
86　林中漫步

87 还乡人
89 路边
90 三封信
91 火车

93 **地平线下的星星**

95 雪夜
97 胡杨木小象站在桌上
98 一株桃花暗香自在
99 石经寺桃花
100 博物馆里的钟
101 鹊巢
102 独舞的女人
103 王维
105 水漂
106 一座山
109 白天鹅
110 南方
112 歌谣
113 地主家的女人
118 春天的戏剧

119　命运
120　夏日
121　鹊鸲
123　天空之眼
124　快讯
125　对和正确
126　山路的秘密
127　你在等待什么?
129　言不尽意
130　南山
131　夏天
133　小说
135　夜晚
136　没有一种色彩能定义果实
137　蜘蛛
138　牧羊
140　原创
141　猎物
142　番茄酱揣想
144　神秘的谜
146　时间
147　二月
148　第聂伯河岸

149　白鹭

152　春天

154　地平线下的星星

156　命运的网

157　我不知道

159　凡高

160　橘子

161　狼

162　十月的风暴

163　怒

164　等待

165　梦

166　雪正在赶来的路上

辑一 你如果是一棵树

《野兽国》

野 兽 国

一、归途

把所有都托付于毫不费力的汽车

听那山来，风来，雨来

孩子睡着了，不知道经过了

一条又一条，忽明忽暗的隧道

醒来时，惊讶金灿灿的稻田

一片一片

二、秋田

田野遍布秋收的新痕

小鸟你为何要放弃天空

甘于俯首这厚重的大地

小鸟啊，小鸟

你可要当心那出没田间的蛇鼠

还有地上疯跑的孩子

这大地上没有了车水马龙
便处处都是他
自由的影踪

三、进山
我带你走上一条儿时的路
你奔跑要走进这深山密林
你的喊声惊起漫山的飞鸿

我说，你慢点，轻点
不要惊醒沉睡的神灵

你毫不在乎这挂满枝头的
回音，争辩着这是风的
歌声

清　明

我们讲了一个睡前故事
讨论了有关生死的问题
你问我："你老了去哪里？"
我说："我和院子里的树在一起。"

听完你号啕大哭
紧紧拉着我的手
好像我就要离去
任我怎么安慰，你都不理

窗外草丛覆上了浅雨一层
好像你睫毛上的晶莹
你泪痕未干，在我怀中抽泣
慢慢进入了恬息

我想起远方的山丘
奶奶的老坟又添上了新衣

对　话

昨晚下了一宿的冬雨
我们躺在被窝里
像猫一样竖起耳朵倾听
你问我，雨水开在地上会不会痛

我们赤脚踏上林间小路
你看到每棵树都要上前拥抱
你抬起稚嫩的脑袋
惊叹大树比我们还高

有时，你注视着我
好奇地指着我的眼眸
你说，你的眼里住着一个我
我说，我们眼里住着彼此

我喜欢和你对话
每一次，你都努力使他圆满

给孩子读诗

你仰起稚嫩的脸
语义和音符
哪个先抵达你的世界

声音轻重缓急
在疑虑重重的地方
你竟然张开笑脸

满心期待着
下一串话语
在你眼前开花

《你将要长成一棵树》

你将要长成一棵树

你将要长成一棵树
不需要浇水，施肥，除草
风来，雨来，鸟儿来

我站得远远地
也是其中一棵
不遮挡你的阳光
不争夺一场风雨

院子里的树
高的矮的粗壮的纤细的
我唯独只热爱你这一棵

不偏，不倚，不瘦，不弱
长得刚刚好
一切都如你应有的样子

你如果是一棵树

你如果是一棵树
无须长成他们希望的样子
你有你的
伟岸和挺拔

不必羡慕一株花
和春天里的野草
甚至不必在意
你喜欢的鸟儿
栖在哪一根枝丫

你如果是一棵树
无须长在我的身旁
白云浮在天上
你的根安在我的
心上

春天的风暴

信天翁带着蓝色的讯息归来
无比正确的风吹过大地
最好的消息和最坏的接踵而至

一场风暴正在悄悄孕育
新闻反复催促着船只
农夫在电视里蹲守
谁是那只倒霉的兔子

我抓不住置身漩涡的沉船
被风暴吞噬，电视是多么平静

咖啡从桌子降落
满布污渍的衣裳
支离破碎的杯子
一脸沮丧的主人

谁是那只倒霉的兔子

妈　妈

院子里的瓜果，到了秋天
采了一摞又一摞
唯独留下一根适宜的丝瓜
任凭它在架子上悬挂

妈妈说，让它长吧
等它老了摘来给碗洗刷

我的妈妈啊
在我醒着睡着的夜里
长啊长啊
长到山高水长
长到白露为霜

就像这院子里的丝瓜
永远都适宜孩子的一生

爷　爷

绕过小土坡，我们去寻找一种
可以治愈食物的根茎
世界落入暮秋
燕子迟迟不肯进入
黄昏，异乡人
你的归期并未推迟
也未提前
爷爷步履蹒跚
乌鸦知道分辨时辰
它边飞边发出不详的
信号：大限将至，大限将至
狗尾巴草在催促：未亡人
快点跟上，快点跟上

致 孩 子

多少沉重的马蹄声下
这幼稚的年华浮上
你的脸庞
寂寥的黑夜再不说话

这是未明的真相
这生命的历程啊
请你继续忠实在

他汪洋恣肆的
自由世界

湖 畔 浴 场

向水而生的诗人
节日秒藏你悲壮的时光
金色的世界倒映在天空

一颗星注定属于苍穹
孩子在柔和的水面下游泳
当我与生命的春风交错

长啸的人声不时传来
威严的祭坛上，夜晚
在临水的岸边开始舞蹈

《玻璃房子》

玻 璃 房 子

初夏的太阳依然灿烂
默想着人类的空虚
一个男孩仿若飘浮天空的云
太阳热烈与你的笑颜碰撞

在黑夜里等待光芒
你的梦一按就停
在斑斓的世界里高声欢唱
仿佛此刻有缪斯附身

玻璃房内红彤彤的脸
在这透明的世界里
轻荡着人生的小船
人声鼎沸里你信马由缰

孩子的答案

一朵洁白的蒲公英
被稚嫩的小手释放
仿佛你未谙世故的一声
叹息轻轻，向天空探寻
未来的答案

温和，迷人，执着
越过你和世界的屏障
我在你深不可测的眼中
看到我们在未来的
握手言和

问

这片星空下是谁的村庄
今夜的城堡上升起谁家的烟火

当飞机从头顶飞过，谁家的孩子
又站在山冈上欢呼——
一场意外的坠落

谁能算计出多久的喜欢
才会变成永不磨灭的爱

那些怦然心动的时刻
有多少是出于一次意外

癌　症

是一块浮在天上的乌云
偶尔投在人的身上
时间长了，就成为身体的沉疴

我的爷爷一辈子都活在农村
既不抽烟，也不喝酒
像他这样感冒就捂一宿的人
到死都不知道，什么是癌症
什么时候得了癌症

看着窗外积聚的云层
他喃喃自语，
快下雨了，谷子要早点收回屋里
如果淋湿发了早芽
明年春天就下不了地

去 年 春 天

一年中最长的时光
树木盛装打扮
人们排队走向坟场
表情墨绿，天空低沉
一场场无差别的雨
浇灌在冷静的土地上

你在默哀什么呢
去年的这个时候
你正牵着蜗牛
小心翼翼地走在
开往春天的田垄上

夏　夜

湿热的风吹拂过田野
哪怕是以忍耐著称的猫头鹰
也渴望一场淋漓

夜晚是如此躁动，脾气
就像在星空下云集的萤火虫

夏夜是一头喘着粗气的驴
我宁愿用三个季节来交换
在八岁的童年
被太阳炙烧过的屋顶下
——太阳吻我以痛的
记忆

《早晨》

早　晨

缺眠的孩子在餐桌前一动不动
食物也一动不动
和他保持冷静的对峙

睫毛轻盈，沉沉压住了
尚未苏醒的双眼
微微开合的嘴巴
秋天正在窗外漂流

牛奶、饺子、白菜、鸡蛋
咖啡还散发着焦香
阅读过半的书
被风翻得凌乱

窗外，一种巨大的意象
在深秋延伸

丛 林 深 处

野火褪尽的十月
铅色的云在天空集结
童年在深秋的花园里存寄
我想我看到鱼在相互道别

在水和岸相互信任的边界
到了十月就被气候反复测量
一只白鹭在石桥虎视眈眈
没有一条鱼能被幸运眷顾

我们走在丛林深处
树在风暴中倒下，又长出新枝
我们谴责过自然的残酷无情
如今又为它的公正心存感激

斑驳陆离的丛林
蓝色的夜正在悄悄聚集

落日时穿越大桥

在清凉的林中坠落
你听着色彩伪装成乐章

落日是多么疲惫
黑暗中看不到一丝雄心

十二月的入夜时分
我穿越幽暗的水域

在被露水沾湿的河岸
在白鹭投掷匕首的水面上

在石子终于不再妥协
回到水底的那个地方

冬 日 随 想

一

凌晨五点，阴沉的冬日
我把隔夜的咖啡渣埋进
十岁的茶花
等待主人的新居
被黝黑的男子倒进光
闹钟响起时，水
在洗漱着黎明

二

我快速地埋进一天中的开始
一支黑色的箭穿过萎靡的云层
十二月的台历没有退路
收音机播报着成年人的焦虑
水蒸气贴着毛玻璃，阴沉的脸
在暗中紧盯

三

沉向海底的锚抓不到我

倒行的船只也无可奈何
红色的灯塔，明亮的海岸线
愤怒的岩浆被踩在脚下
穿过怪状嶙峋的火山石
我走向自己

习　惯

三十年，我习惯一种习惯
像被宿命织就的某种程式：
呼吸的频率，饮食的喜恶
汽车行走的路线和交通灯前
烂熟于心的倒计时

如今，语言的通途向我敞开
明亮的白炽灯，昏黄的街道
三十年的试验场上，温顺的
舌头被打上三十三个补丁

作为“习惯”本身，三十年
我面对着十二月纷纷扬扬
坠落的雪——

我害怕这时代的轻
会让我分辨不了：
哪些是午夜的灰

哪些是你越过肩头

落在我身上的光

异乡人

《异乡人》

异 乡 人

黄昏前到达城堡
审判台圣洁的华裳
在一个个身体上漂流
这个十月，每个异乡人
揣着没有地址的信上路
每一片都飘向无主的属地
在一群油腻的世相中世故
躬身致礼，互道珍重
走吧，走吧
像那只身受难的木匠
即便荣光不再
为我们不增不减的存在，甘愿
像男人热爱女人，像女人热爱大地
当虫子钻出最后一个苹果
期待你从异乡归来
荣耀加身

伯　明　翰

深秋只需雨一场便把我们拖进黑暗
沿途的小树林慵懒的鸟早早学会分辨
颜色多层。城市在前方虎视眈眈
时刻提防异乡人的刺探
异己，疲惫，浓密的黑
等待美丽的鹿一头扎进

伯明翰啊，伯明翰
不要怀疑我的图谋不轨
从一片天空飘到另一片
万吨的钟声在我脸前消散
运河的酒馆彻夜等待成年人
梧桐叶落，蓝色的水面上
倒映着城市和我的偏头痛

《伍德霍尔温泉》

伍德霍尔温泉

一

通往初冬的路漫长绵延
无尽黑暗流淌着乡村的绿
一盏灯在青草上点亮
沉默的窗里金发的女人
又开始独享一种生活
在伍德霍尔，假装没看见深秋和它
身上此起彼伏的图腾各种
秩序整洁印上了蓝色的色调

二

禁不住初冬的严寒
牧场上马匹无家可归
厚实的毛毡布把暖覆盖
那边，第一场雪正欲跨过英吉利海峡
敦刻尔克是它最后的防线
六点十八分：不合时宜的乌鸦
在高高的草垛上唱起夜的挽歌

三

甜美安静的眠找不到熟悉的床
被时间习惯背叛的异乡人
听着一场场雨落在窗外
等待一只优雅而孤独的鹿
闯进失眠者无法愈合的梦
伍德霍尔，不在金黄的草地里翻来覆去
在异己的词语中离题千里

再见，大不列颠

黄昏，黑土地上
乌鸦从天空降临
被黄色钟爱的树群
向深处奉献虔诚的阡陌

白海鸥带着潮汛
向黄皮肤的异乡人挺进
只要一抖动它的羽翅
整个世界就落入暮秋

被乌云笼罩的异乡人
在蓝色的笑容里字正腔圆
握手道别，互留短讯
我们躬身致敬

再见！再见！
十一月在大不列颠
今夜的酒精到处飘荡着
你的名字

《花园》

花　园

假如自然钟爱这座花园
毫无保留用色彩赞美树群
假如阳光也眷顾乌鸦
任由生灵在大地上互弃成见
在被传统堆砌的白玉雕像前
为何不把傲慢与偏见放下

假如日夜终与流水相逢
春去秋来的草地上不必
像一滴露珠往黎明赶赴

假如高耸的钟楼如约敲响
在深秋的花园里
静听迢迢钟声一遍遍复述
她的名姓

初　冬

泡桐又承担天空
喜鹊在高枝上唱起颂歌
时代的愉悦
在灰蒙蒙的气候中延伸

枯老的手再握一次又如何
为那冲破障碍的阳光
从天际到达它的国
红房子趴在大地上
在尚未结清的早晨
静待另一个黎明

忽然天空放晴
连鹊巢的颜色也被
一种惊人的蓝吞噬
雀跃的鸟儿变得冷静
似乎知道这一切的来临

大英博物馆

大理石的地砖上陈列洁净
被一种静穆的空气包围
浮雕上的石狮子
牢牢抓住永恒的尊严
久远的国度在另一个时空
重拾了往日的荣光

驻足跟前，想把自己长成
一棵虚空的树
在伟业创造的地方
让过去和未来
将空白全面填满

匠人手下的每个细节
遍历万千检视
不增一分，不减一厘
穿越石狮的时间之矢
却从虚妄的时空中
再次挣脱

墙上的浮雕
历史的传颂者
我渴望和你的交谈
在我仓促的人生中
愿意一次次被你搁置

殷　墟

数千年的较量
向卜辞反复刺探答案
祭司装模作样
摊开龟裂的甲骨后
微微的一声叹息

武丁苛刻的目光
穿透惶恐的内心
是未经授意，擅自
闯入早逝皇后的享堂吗

贞人子问卦之后
夜雨果然下到了次日
整装束发的奴隶抱头痛哭
殉葬坑上结出了短命的花

在殷墟
青铜、陶罐、文字、尸骨
忍受着人的啧啧称奇

清洁的阳光啊
你肆意腐蚀着
每一个尊严和不幸的
灵魂

记忆片段

持久地记住另一片天空
游走的身影和目睹
天阴天晴
绿篱套住田野
闲庭信步的马和等待入冬的
黑土地上井然有序
一棵年迈的
枫树在木屋外期待春天
严寒锁在窗外和醉汉胡言乱语
归期将至，孩子的脸又浮上
醉眠的梦

一闪一闪

沉沉的世界不是这无声的村庄
亮亮的城市在天空上行转
我看见你注视这世故的目光
它们在天空一闪一闪

屋里聚集的躯壳
自然的结晶在大地上生息
我看见人间不朽的凭证
它们在大地上一闪一闪

天空望向这狭小的窗台
你的警示在我面前照耀
我看见的比梦境还要真实
它们在我眼前一闪一闪

《春天的问候》

春天的问候

异于往常的一天
天空飘着润湿的雪雨
远处，哈尔科夫的湖畔上
乌鸦在积雪上漫步

吁出长途跋涉的一口空气
乡音在肥沃的黑土地上抖落

解冻的哈尔科夫
略略翘起的胡子
严肃又不失整齐
伊万·谢尔盖一路小跑
紧紧握住从东方递过的
春天的问候

全然忘记了那交加的雪雹
正静悄悄落在身后

《在苏姆斯卡娅大街》

在苏姆斯卡娅大街

在苏姆斯卡娅大街
沿着石头街道
与许许多多斯拉夫人
顺流而下
苏姆斯卡娅大街
一个偶然的时刻
谁会在意一张异己的面孔
黄皮肤，黑头发
在哈尔科夫街头
川流不息，举目四望
美丽又沧桑的乌克兰啊
每一个异乡人都是溺水的鱼
消失在你的眼眸
心事重重

黄村的雨

我在黄村的屋檐下站立
雨水阐释春天的意义
燕子在墙角忙着建筑新窝
远处的田野泛起青绿

在黄村，没有人记起
最后一片残雪何时消融
第一声春雷总承受太多的期待
“好雨知时节，当春乃发生”

每一场雨都是路人的休止符
有人责备气候猝不及防
我在黄村却看到了一个
春天

窗　外

一万吨的夜色正在集结
雾霭包围着升腾的城市
鲜艳的消防车拉响警报
急促扑向人间的焦躁

尘埃笼拂着肉体凡胎
薄薄的玻璃啊
将生存的世相横陈示众
我看见无数风里雨里奔跑的双腿
一深一浅往坟墓的方向匍匐前进

紧张的夜，紧绷的脸
霓虹灯在远处一闪一闪
又在调拨异乡人的脆弱神经
反复发作的耳鸣
坚持要伴我坠入
至高无上的梦境

无　题

凌晨两点走出地铁
你我之间横亘着巨大的意象
时刻清瘦，不知是清晨还是夜晚
整个世界落入你神秘的脸庞

乌鸦夜渡，霓虹灯上停靠
睿智的眼珠它四处刺探
大地上伫立的每幢楼房
此刻显得无比突兀

即使有一千种命名把你定义
在词与物之间，我
依然无法向你摆渡

《云中漫步》

云中漫步

坚硬的羽翼穿越云絮
长空托付着虚无的人类
远方，生性多疑的气流
偏要把一种意志掌控

我看身边可聚可散的飘零
随时变幻着它的身影
仿佛在嘲弄人生的进退两难

我无法跟上这多变的云彩
我无法直视这惨败的阳光
听任漫无边际的自由
把人带向万劫不复的领地

明天的线索

漫天的繁星向城市逼近
房子圣洁，列队整齐
一束灯光向深处驶进
转瞬又被夜色吞没
有人在漆黑中醒来
有人刚刚入睡
我想起自由广场上
自由散漫的灰鸽子
今夜要在何处安居
坐在舍甫琴科公园的小伙子
他皮肤白皙但满眼忧伤
太阳在他的眼中悄然落下
它一定在这沉默的夜
埋下明天的线索

沿　途

一抹蓬松的色彩
在迟缓的丘陵上起伏

上空积聚着层云
硕大的风车等待
堂吉诃德前来赴约

多少弯弯曲曲的小道
要向英格兰深处延伸
一匹卸下鞍锁的马
在山坡上默想远方

黑夜快要粉墨登场
一群乌鸦站立在树梢上
满心期待准备歌颂繁星

《亚细亚的空气》

亚细亚的空气

小商店的橱窗囚禁着愉悦
早上七点，伊兹利乡间别墅
被反复打量
枫树紧握天空
地界深处延伸着英格兰

红篱笆挡住了海峡气候
早晨尚未散尽，薄雾中
一群冬马披着毡布
亲吻着土地的青衣

你透过深深的眼眸
祖国在语言里倒影
有人在初冬深深呼出
一口来自亚细亚的
空气

雅芳河畔

沉沉的暮色裹挟
异乡人走进它的梦
考文垂温柔的眼
在上空探寻浓重的蜜
能带上路的一定是
南山的梅花吗
不如再次吹响神奇的笛
让疏离的记忆和梦
再次跳进雅芳河畔——
斯特拉特福湍急的河流

河　流

漫长的一生中
谁不会踏进这沉默的河呢
毕竟春天刚过，暴雨将至
沿途被风暴搁浅的旅人
忧郁地注视河面的湍急流水
仿佛在寻求去留的决定

溯流而上，白天鹅一路尾随
像极了讨糖的孩子
克服不被祝福的沉默
只为了记忆里
那充满危险的甜蜜

第聂伯河畔

八月，第聂伯河畔
伏特加把基辅罗斯放倒
呓语在梦中吞吞吐吐
反复拉扯着岸边水草
分不清乌语还是俄语
远处女郎的嬉闹声
在洁净的沙滩上飘荡

对着河湾
木门开了又关
温热的夏天里
脚下地板咯吱作响
我担扰惊醒水下的英灵
从岁月长河中重返

他们何以捍卫这
饿殍遍野的黑土地

布卢姆茨伯里之夜

送葬的哀乐到了半路就戛然而止
因为人们早已习惯这乏味的仪式
孩子在抽泣，却并非出于对死者的敬意
这路坚如磐石——太过漫长
不知何时才是终途

你从未融入这些似哭非笑的队伍
做一个清醒的未亡人
未来的仪仗中谁会记起此刻
悲苦甜蜜的牵绊

“未知生，焉知死？”
你默念着竹简上的残文
人们如鱼群在博物馆里穿梭
只有你听到了浮雕上的哀乐

凌晨时分，忠诚的失眠再次爬上额头
你望向无尽深渊，在布卢姆茨伯里
高耸于云的夜晚，黑夜如泰晤士河

载着万吨巨轮向你压来

你一定还记得昨天出门时
乌鸦在格林公园骤然坠落
它的眼睛闪烁着狡黠的意象
仿佛在你耳畔轻轻低语：
“异乡人，你不属于黑夜，
你不属于白天，
你不属于这里！”

《布拉德盖特公园》

布拉德盖特公园

这是四月的最后一天
无数将逝的平常一日
被洗劫过的晴空
知了重申存在

在这个乏味的时节——
在相熟的场景中，我们
刻意拉开人间距离
我想起曾经听到过的名字
有的冠以英雄，有的背负骂名
其余的被人遗忘

这世间的万千种表达
唯独眼泪最不值得信任
泪眼婆娑的孩子
只需一枚廉价的糖果
转瞬便能破涕为笑

葛生蒙楚，蔹蔓于野
人迹罕至的公园里

一位老者坐在湖边
他神色忧伤，白发苍苍
一缕烟从手中升起
身旁的坟茔无人吊唁
快要被野草攻陷

这是四月的最后一天
人类无数将逝的平常一日
简·格雷在第九日丢失了城堡
布拉德盖特公园从此无人值守

植物嚣张，野草拔长
野鹿在红树深处密谋新的繁殖
一条满布泥泞的小路
向遥远的天空探寻答案

松 花 江 畔

不要忘记
洁净的天空下
突然响起的枪声
树林深处的梅花鹿
每一头都在提防——
猎人老练的扳机

不要忘记
松花江畔那层层
白雪覆盖的地下
到底在掩盖什么

不要忘记
那冻结在冬天的船只
在默默等待江水
把春天送来

不要忘记
我们所有寒暄的开始

最后都不约而同地

走向相互遗忘的道别

终　于

这条布满泥泞的路
一定也留下过你的脚印
或深或浅，仿佛
伤痕叠着伤痕
你不能指望每个犯错的人
都能痛改前非

只是星星啊
今夜又回到了大地
你不用再向虚无许愿
沿着千万个分歧的路口
你终于走进彼此的宿命

仿佛在久久等待一个信号
你的春天便停止流亡

时间的旅行者

长久的等待过后
没有一扇门能被打开
黑最先被撕开小小的缺口
随后无数的隐喻涌入
蓝色的天空冲下
河流，蛇鼠，稻穗，死猫
意象藏在背后，像墙角的野兽
没有面孔，却喘着粗气
这是无数噩梦中的一幕
这是生命顿悟的一刻
傍晚，六点的余晖钟爱村庄
蜘蛛在墙角注视着巨大的空洞
仿佛在等待远方的行者
没入时间的陷阱

十二月的黎明

一种清洁的气息，弥漫在林深处
在羊肠小道和灌木丛之间

被反复探寻的自然
屈服于某种人为的规律
路，是时间的痕迹
异乡人向目的地一点点靠近

所有的圆满
不约而同走向残缺
所有的影子
是光的一场阴谋

十二月的黎明
一年里最后的坚持
我们等待一粒种子
在雾气散尽后
迸裂

窗

夜雪反复问候
如果不是被形体束缚
也许早就从规律的私处钻入

然而，金发女郎仍在不紧不慢
即使消息像雪片正把
残喘的乌克兰压垮
她淡定的目光
把祭台上的苹果一遍遍拭擦

窗台上，一株骄傲的植物
正贪婪地吮吸着
伏特加酒瓶里残存的
粮食的灵魂

虚　构

敖德萨边
骑士遁入空门
旷野上，风在挽留
风车向老朋友致敬
不再坚持
沿路电线筑成的篱墙
默默守护着
起伏的
暮色中的传统

旅客沉默不语
亚细亚人、高加索人、斯拉夫人
被亚速海湿润的风吞入
“拉达”一路喘着粗气
低头把城市一点点
吃进

《在中央车站》

在中央车站

旅人聚拢在中央车站
不合时宜地谈论远方

绿火车一路打着哈欠
跌跌撞撞挤进月台。

流浪汉翻遍垃圾桶
挖掘出半瓶伏特加

时钟落满时代的尘埃
但肤色此刻毫无芥蒂

我在午夜读着来信
每一个文字都是祖国

在高尔基公园

一

三月，高尔基公园
摩天轮像赛克洛普斯之眼
透过中央大道眺望西方
树林积蓄着一股力量
要在八月之前把伤遮蔽

冰雪尚存，但斯拉夫人
习惯忍耐，他们挽起衣袖
要和残冬较一较劲
我坐在密林中，听着乌鸦
振落的叫声被冰雪覆盖

二

八月从雪里重生的橡树
相互交接，错综复杂
仿佛被丢进风箱的麦子
瞬间便把虚空占据
我无法像自然一样痊愈

只能相信——
过去皆未发生

三

我来过这里，然后又走了
此刻不是欧洲，不是亚洲
此刻只是现在，不是未来
低矮的灌木丛里
一粒种子正站在黎明
期待长成历史

英格兰的雨

傍晚时分钻出湿漉漉的地铁站
穿过亚洲的雨又滑落英格兰
一头狮子在墙角悄然醒来
忧伤地嗅着帝国的气味

移动的城堡坚持要把出路找寻
城市安上翅膀却无处逃遁
有人安详地睡着，有人辗转难眠
不朽在深渊凝望

远处，泰晤士河不堪重负
在伦敦塔的弯处向北奔淌
夜晚，我没有看见一个灵魂
在威斯敏斯特教堂

通往丛林的雪路

真理和谬误就像丛林的路
没有哪条不是触类旁通
谁说它们不会在某处相逢
在一切开始的起点
在第一个人踏出的第一步
经验还没有被精明算计
那些岔路前分歧的人们
其实并不在意远处通向何方
在所有对立的逻辑起点
在那条被遮蔽的歧路前
对和错才能相互原谅
我在雨雪渐浓的丛林深处
无暇顾及未来的种种可能
因为清洁又勤快的精灵
正悄悄把来时的路消融

边　界

破晓时分
东线的战事
尚未结束
春天开垦的铁犁
丢弃在新开掘的战壕旁
广袤的黑土地上
升腾起一缕白烟
士兵手握卷烟
眺望故乡

林中漫步

当土地被石头砸出伤痕
树和树相互挤兑死亡
森林被漫游者历陈过错

来时的路无人问津
树叶复述危险的绿
道和路在相逢处走向分歧
你把手插入口袋，毫不在乎
那暗处打量的猫头鹰

还　乡　人

北纬 22°　、东经 113°
一张沙发慵懒地躺着：
绿色、柔软、温暖
车流在墙外被北风裹挟
在呆滞的国道上犹豫
在下午五点四十五分的街头

休息日以沉重的脚步
宣告失败
日光灯惨白的脸
曝光着每一个成年的隐痛
你必须以某种形式和内容
证明你的忠诚和信仰

咖啡在早晨被磨掉的尊严
在深渊变成傍晚沉默的黑
苦涩、冷静、阴郁

你执意要去赶赴一出戏剧，

作为罪的后代你无法预告
结局是喜还是悲
但是自由做出了抉择
命运在终点等待
还乡人

路　边

悲伤是这巨大的川流
绿色的花吐着稠密的气息
深秋还是初冬
树的
一半在赴难
一半在迎接新生
犹豫是吊在半空的钟声
决定没有掉落大地
云朵在半空迷失方向
没有一只鸽子怀念南方
一封没有地址的信
正从十月驶离

三　封　信

一

用三种颜色写成的信
东方的红
西方的灰
还有一种透明
它在审查官的眼镜下
变成绚丽的彩虹

二

夜晚，穿着天鹅绒的女郎
手指升起一缕玫瑰色的香烟
在二十五摄氏度的冬天
伪装成不明不白的夏

三

肥胖的手指在每个名字上划过
第三封信带着骄傲的嘲弄
每个字都在光明正大地——
说谎

火　车

火车在田野上疾驰而过
电线柱一遍遍擦拭着玻璃

我喜欢入站前的缓缓流动
最后在素未谋面的地方停靠

我想我看到你眼中的光
我想问问你看到了什么

我无法辨识口罩下的戒心
不是因为刚刚泛起的风声

不是这一道道竖起的铁马
不是这持续跳动的字节

我看着正在快速逃离的城市
我怀疑是不是有一双眼睛

在暗中紧盯这随时变换的位置

地平线下的星星

雪　夜

没有人察觉
落下的第一片雪
玻璃关住所有的暖
好在它并不在意
从第一片到最后一片
事物的次第总有秩序
霜冻、雪降、覆盖、消融
谁先谁后呢

低头，向新掘的穴
抛下第一铲土
生死就分明了界线
好在他并不在意
没有人察觉
落下的第一片雪

《胡杨木小象站在桌上》

胡杨木小象站在桌上

世界都在它面前停靠
经过反复雕琢之后
在巴基斯坦男人的手中
一个影子，被从混沌中掏出

实存在哪里
胡杨树今昔何在
它也听过戈壁上的风
砂石曾崇拜过它的身体

这是一场无与伦比的不幸
美丽？诚然是的
无法返回的时光
千山万水也比不上
眼前的胡杨木小象

一株桃花暗香自在

拂晓之前
有足够的忍耐可以支付
风，是她的凭证
只需挥挥衣袖
桃花就渡到对岸
酒已温好，一年中
最消瘦的时刻
等待一场雪的到来
夺人心魄
花中千朵，除她外
我并不热爱任何一种
不如像一株桃花
坚持千百个兼程的风雨
在众人嗜睡的白夜
暗香自在

石经寺桃花

坐在一棵树下
确切的它，不知道的
还有另一个名字
两千年了，当初种下它的主人哪去了

花开了一季又一季，就连红墙
推倒复又重建
无数的喧哗和戒持
到底哪一个更接近真相

我来到你的身边
并不是信徒
也不是那满腹心事的香客

在石经寺，每一朵桃花
都保守一个秘密
坐在树下，听无数的桃花
窃窃私语

博物馆里的钟

严肃又安详，待在异己的橱窗
为了一场展览
你并不中意，发条又回到了原点
博物馆里的钟是个不祥之物
城墙倒下前的表演
最后作为决裂的影子
被愤怒的士兵投掷
皇帝隔着玻璃
果真是哪一个吗
分明就是
一个老人
热泪满眶看刻度走停

鹊　巢

百乘的车辆在官道上尘烟滚滚
酒宴已连续开了三天
残羹冷炙，今夜的新娘
维鸠居之，维鸠居之

命运的河流只需踏上一次
舟楫便误入歧途
在一千个岔路口前
俊美的牧人失去了他的羊
美丽的新娘啊，乌鸦又在嘲笑
维鸠方之，维鸠方之

月亮浮出水面
河边浣纱的女人
掩面而泣

为那水落石出的一生

独舞的女人

某些人注定成为一首诗或者注脚
取悦仅仅是为了未曾历经的生活
成为他身体上的一根肋骨
成为她皮肤上的一片月光
时间长了，男男女女就变成
彼此都不愿意去揭开的伤疤

哪个不是随时变幻的云朵一片
哪一个不是水落石出的真相
你说：凡是过往，皆为云烟

只要遇到对的月光，所有的雪都愧对过往
冬天的水位一旦从你的湖面落下
我被暴露的隐秘原来全都和你有关

只是你在湖中唱着你的歌
我在对岸看着你的表演混迹于陌生的面孔
每一个掌声从不属于一首诗和诗的注脚

王　维

一

月亮的翅膀下，飞出
一只惊慌的山鸟
不愿意成为它的影子
急欲逃离用尽一生的气力

拂晓时分，看见
月光正一片片剥离
在无人栖居的高枝上
山鸟开始歌唱，放声
向昨夜的月亮致敬

二

痛恨每一片异于它的颜色
非黑即白，非白即黑
我的血液中沸腾着
你钟爱的灰色

你投入河流的每一块石头

都砸中我未来的脸庞
去者弃我，去者弃我
我的头颅中回荡着你的每一声鸣叫

三
今春雪白
梦里没有桃花
山鸟谢幕前最后一次撕开喉咙沙哑
那边月亮正攀爬着悬崖

放倒一个虚空的诗人
在桂花落尽的春山

水　漂

在无限接近的水波中
一次次远离理解的中心
掠过湖面的水漂被气候耽误
燕子的倒影里再次误传
春天的死讯

像日夜赶赴内心的一场戏剧
像太阳坠落眼睛的一场灾难
下沉到深不可测的水底
就连地球也失去了群星的偎依

你看啊，我们不就是
那一块块在水面滑行的石子
为何要把自我当作不断扩大的中心
为何不在一次次的交集中握住彼此

如同石子走向湖心
在一环又一环的轮回中
请让我走向你

一　座　山

从太行山脉倾泻的阳光
每一缕都温暖如常
乌鸦在天空君临，落霞中
坚毅的山石再次低头

遗存沿途向眼睛深处逼近
清洁的渠水倒映着旧伤
风沙以看不见的速度吞噬
被石灰写下的故事正在淡去

我所珍视的苦痛多么渺小
一面旗帜在天空飘荡
转瞬又传来斗争的呼号

伟大的造物啊
你不属于任何一个名字
那无数双手斧凿过的创造
依然向未来伸展

我长久地沉默，在黑暗里
想把自己也陷入一座山中

《白天鹅》

白　天　鹅

磊落的天空在撤退前
做出一天里最后的抉择
愿意倾尽所有的蓝
倒向昂首挺胸的白天鹅

命运高悬，美丽的白天鹅
被夜北的风霜包围
密林的海棠果又在深处孕育
内心的一场戏剧

白天鹅，我不懂得你身上的沉默
我们不约而同
相互遵守这紧凑的夜
天空干净，月色甜美
沉静的夜啊
我不敢把名姓声张

南　方

反复无常的南方
又辜负了植物的托付
绿箩被多余的水谋杀
过度浸染的藤茎，掐断
和春天的所有联系

被辜负的还有一棵茶花
在并不属于自己的窗台
它遥望落在故乡的月色
一朵浅浅的花蕾挺住
所有的质疑

在南方，谁能忍耐一场场
毫无秩序的空气
多少人在透过薄薄的屏幕
羡慕毫无差异的雪白

同样有足够多的人
要穿越冰冷的气候

长途奔袭海岸的沙滩

和肩膀承担阳光的姑娘

歌　谣

神的意志又降临大地
擎天的树群虚伪地奉献枯枝
要向天空坦白最后一缕
红色的虔诚

复活啊，伟大的森林
让每一块石头都覆盖苔藓
让每一座山峦都笼罩辉煌
让每一条河流都高声歌唱

歌唱这伟大的森林
歌唱神圣的造物者——
他不容置疑的名姓

当黄昏的余光从天边撤退
草丛里的虫豸又低声唱诵
孤独的歌谣

地主家的女人

一

老房子发出微弱的光
形单影只的天井
转身，拾掇
小脚支撑着身体
颤巍巍的小楼里传来
细碎的声响

屋檐下燕子筑起了新巢
她如同幽灵穿越整个世纪
黑黢黢的衣裳颜色幽亮
家鼠在房子里进进出出

一口水缸在春天滴答作响
惊蛰的雨又涌上她的脸庞
青砖上的苔藓啊
快要攻陷年久的小楼里
失修的灶台

二

芒萁草重新站上墙头
来回张望的鹧鸪鸟
它婉转的歌声里
为何满是哀怨和惆怅

原来骄傲动人的新娘
早已被风暴改变了模样
她俊美的少年郎啊
如今在山谷深处埋葬

命运把她往人间抛掷
你看那被风欺凌的银霜
灾难一次次降临
她旧日的印记又添了新伤

三

是谁让孩子早早学会憎恨
憎恨一栋黑色的青砖房子
憎恨一位独居的小脚女人
憎恨一个活在坟茔的鬼魂

他们随意捡起路边的石子
像野兽出没在房子周围
水缸崩裂的声音里
传来孩子们胜利的欢呼

夜风轻抚干涸的眼睑
她的双手如枯枝一般
今夜的大地上又传来
秃鹰饥饿的叫声

四

死亡像潮汛在人群中传播
人们纷纷赶赴现场
假装世代友好的近邻
全然忘却审判台上的施虐

如今薄雾笼罩荒野
春天从群山倾泻
布谷鸟又在催促春耕
青黛色的小楼啊

你坍塌的窗台前

燕子衔来了新泥

《春天的戏剧》

春天的戏剧

这片天空与另一片
并没有什么不同
阴沉，随时下起雨
下面是急匆匆奔跑的孩子
惊喜与彷徨的人间世相
在一场雨中完形毕露

只是你我仍在活着
日渐世故的眼睛里
表情阴郁，故作冷静
像两尊旷久对峙的石像

猝不及防的雨啊
它也身不由己
分不清融化的是——
春天的一场戏剧
还是石像的叹息

命　运

哪一块掠过在湖面的石片
不被人随手抛出
哪一朵飘浮在天空的白云
不被风任意驱走

随时被左右的命运啊
像纵身跃进人生的一颗石头
挣扎着要脱离河道的水花

谁的命运没入草丛
谁的命运汇入流水
谁的命运被衣裳带走

天空一只御风的鹤
期待在高处与白云相遇

夏　日

白鹭在水里歌唱
墙边人迹罕至的树群
无人访问
众人晕晕欲睡
谁说生命的花瓣早已过去

你的快乐是自然的末流
你爱人间的早些时候
做着的梦还有热爱的光明
仿佛在诗的殿堂里千回百转

晚穹飘进天空的云
开阔的天下不动的城
有太阳也有我的家乡
我欲借你公正无私的眼
看太阳的炎威在天底下逃亡

鹊　鸲

暮秋重重
鹊鸲粉墨登场
沿湖的枝头上它跃跃欲试
湖水在天空的注视中
绿如翡翠

白鹭张开硕大的翅翼
迅速掠过湖面
在湖边的树丛里
瞬息便被树冠吞没

浓雾此刻正爬上山村
炊烟在青黛的瓦顶上升起
曾经回荡着笑声的小路
仿佛祖母仍伫在屋檐下守望

入夜之后，万物遁入空门
黑夜的属于黑夜

这漫无边际的水面
留不住一根鸿羽

天 空 之 眼

明朗的色调往天空泼洒
好像你投向深渊的一瞥
比楼更高的是白云
比云更高的是天空
比天空更高的
是你与这世界
并行不悖的约定
有多少庄严的时刻
在那些可爱的胸间升腾
就有多少可厌的人生
在脚下被随意欺凌
我敬畏你啊
这一如既往奔腾不息的人生
金色的世界倒影在你的脸上
我喜欢你性冷淡一般的表情
仿佛蔑视大地上所有的幻想

快　讯

道别是最寻常的仪式
分离是又一次再见
有的异乡人等不到相逢
春风又传来谁的死讯

天空悬而未决，仿佛
早已预谋飞鸟的折翼
异乡人啊！你命运的船桨
今夜将划向何方

“一架埃塞俄比亚载人客机
起飞六分钟从高空坠落
客机中157人无人生还”

我停泊在雨水饱满的南方
看着路人急匆匆穿过街头
焦躁的汽车长龙集结身后
汽车电台中传来一则快讯

对 和 正 确

世间的选择无非是对和正确的区别
宇宙被一颗陨石意外砸中
大地被辽阔的黑吞没
永恒是巨大的谎
清晨的白鹭无视威胁
一次次在湖边坠落
我为什么要羡慕你的轻
世间万般，你唯独成为这一个
你是对的，我也是对的
在清晨的桥畔上
我们举目致敬
这永恒的谎和不可到达的——
正确

山路的秘密

一条弯弯的绳子
一头系着家，一头系着学校
沿途串起山峦、田野和河道
来回十二里路
放走过斑鸠，捉过几尾漂亮的鱼
这条山路上种着一个秘密
竹林深处长着一棵野香蕉
每年过了清明总会悄悄熟起
不知是被祭拜的香火熏得蜡黄
还是花了一个春天
又参透了生死

你在等待什么？

空荡荡的长廊上
迟迟等不到确切的答案

经历过初夏的暴风雨后
墙被蝼蚁蛀空，轰然倒塌

站在人去楼空的高台上
你选择相信什么

灾难早已变得轻盈
消息被尘土淹没

有人在歌颂死亡
有人在等待中老去

一只鸟巢被虚空占据
南渡的鹧鸪鸟没有返航

站在浓郁的树冠下

你在等待什么

言 不 尽 意

在修饰过的履历上
亲爱的友人，请告诉我
一面镜子如何能相信
另一面镜子
我们的眼睛被迷障误导
“意义”一再被信使耽误
是谁扮演了赫尔墨斯
让平生摇摆不定
意义不必拘于语言
内容不必囿于形式
就像天空不会将就大地
你的云雀不会相信冬天
在仓皇结束的履历上
我亲爱的陌生人
我素昧平生的友人
你相信什么
你还想说些什么

南　山

仿佛只要一合上眼
就能看见南山
桃花正一朵朵飘落
你说，春天正盛
堂前旧燕又该添新泥了

虚空再次拒绝意义
被悲剧加冕的人
不知道是幸运还是痛苦
一次次走近落日
又被宿命一次次辜负

桃子有多少个品种
一朵花为何要僭越轮回

你离开南山那个春天
雨把白天下成夜的黑

夏　天

你的航行被失误算计
因为欠缺周全
你在湖边被植物攀附
没有锚，却深深扎根
梦想从哪里开始
故乡就在哪里消失

禁忌的标志仍在规劝
底线却被好事者一再挑战
野渡无人，公竟渡河
孩子的身影消失在密林
远处，沉水器正叫嚣着
徒劳把一潭死水救活

白鹭在这个夏天离开
有什么生命正在消逝
仿佛听懂了呼喊
疼痛让湖水激起波浪

寂静的湖面，是什么叫醒
一个虚伪的春天

小　说

被精心经营的意象
被周密编织的命运
怀着对抗时间的意志
被生命悉数检阅

被读者一次次误读
被评价家屡次毒舌
崇高被低估或拔高
深渊被凝视或无视

碌碌无为的度命者
处心积累的阴谋家
嚣张跋扈的卑鄙者
自视清高的卫道家

昨日和今天历陈他们的名姓
过去和未来和他们结伴同行

这光怪陆离的世界啊

那些可爱又可悲的人生

夜　晚

就像一串巨大的省略号
被跌宕起伏的命运填充
不止一次被假想敌惊掠
白鹭，你说那是大地上
——诗意栖居的想象
我说，不，那只是芸芸众生
被误读的惊鸿一瞥

天地不仁，万物刍狗
你看这黑夜吞噬生命
谁不是千差万别
当临别的钟声响起
谁在贪慕时岁
谁又能抗拒召唤

没有一种色彩能定义果实

太阳从手腕上坠落不足半个小时
抵达终点还要等待三个灯次
比前路更远的是挡风玻璃上
蜘蛛的爬行
有没有一种尺度
可以比较我和它的距离

你问我，阳光到达苹果的内心需要多久
我说，它们只用甜度衡量圆满
风雨不止一次眷顾彼此的命运
可是啊，依然没有任何一种色彩
能定义所有的果实

蜘　蛛

树木对大地怀着深深的敬意
天空对星辰广纳无边的责任
在虚无和实存中，我们
就像微尘和星光隐于昼夜

当冬天的第一片雪抵达树木
神圣的规律在果实内核崩裂
孩子被宇宙的甜蜜瞬间俘虏
誓志要成为这福音的使者

巨大的网正把所有罗织
一只早慧的蜘蛛
伏在梁上听着因果

牧　羊

镜子如何对镜子坦诚
你指着消失的灰烬说
这里没有死亡

羊群终生都被谎言
圈养，狼来的时候
没有一头是无辜的

《原创》

原　创

你看到一棵树
就想成为一棵树
你羡慕它随风飘舞的自由
像极了你想进入的世界
可是，在风与风之间
哪里有你藏身的裂缝呢
你拥有的生活
没有哪一刻不是模仿
就像这躯体一样
没有哪一丝一缕
不是抄袭自神秘的
原创

猎　物

终生无法原谅

当初的决定是那么的草率
悬挂在墙上的枪
终究抵抗不住命运的催促

距离已经足够
“形”与“意”保持中立
在词与物之间，仅需扣动扳机一次
南山的梅花就会被某朵雪命中

猎物不会怪罪“偶然”
偷猎者难免沾沾自喜
即使每一种错误都被仔细算计
没有哪一具肉体凡胎
不被时间和解

番茄酱揣想

一

上下唇在密谋着什么
语言是一列失速的列车：
“2015 年在诺丁汉，
啊，11 月的典型气候
就像 Olde Trip to Jerusalem 的
冰镇啤酒、炸鱼和薯条，
熟悉又异己。
旅行终究是场冒险的恋爱，
圆满或不幸，
余生都会陷入记忆的拉锯战。
对了，番茄酱在哪里？”

二

春天的箭不负众望
终于命中了冬天的兔子
玛特高举决定命运的羽毛
那些居住在大地上的主人
谁甘心被必然、规律奴役呢

你是不是还在等待奥里西斯
最后的宣判
他接过服务员递过的番茄酱
“小说无须精心构思，
只要忠于生活就行，
前提是……”

三

明天降温
身体不会说谎
无法驾驭的明天
K 整装待发
在卡夫卡的“必然”中
走向审判席
万千道路中你一定会选择其中一条
“番茄的因拒绝揣测，
但结的果一定是红的。”

神 秘 的 谜

我们向来生活在存在的领会之中
可是那个神秘的谜始终隐蔽

孩子找到藏在深处的糖果
是因为意外的收获而高兴
还是因为美好甜蜜的毒

你拥有欢愉的片刻
欢愉却不总属于你
甜蜜是另一次诱因
理想的成绩呢

在第一万次重复后
西西弗同情地望向滚石——
是命运的对手还是忠诚的伴侣
作为彼此依存的“他在”之物
即使失败也只能患难与共吧
钟摆一次次向未来追寻
可是始终抓不住时间

我们生活在存在的领会之中
可是那个神秘的谜始终隐蔽

时　间

冬天的时候
松树被一针一针地
缝进时间里

春天的时候
松树一个激灵
便苏醒了过来

时间到哪里去了

二　月

二月的天空浓郁而热烈
皮肤怀念诅咒过的冷

被气候耽误的鸟
迷失于错综复杂的篱墙

钟声响彻整个城市
无人悼念被复制的死亡

一群被文明放逐的狗
在午夜庆祝自由

厌恶的叶子憎恨着
树，纷纷奔赴大地

第聂伯河岸

夜风抚摸着房子
想告诉异乡人一个消息
我不安地坐着，在木屋里
听着第聂伯流经心脏

八月，东线战事已告结束
向日葵在黑土地上默哀
斯拉夫人接过酒杯
用握过枪的手一饮而尽

命运是一块美丽的地毯
在神圣的偶然中悄然积就
河流认识每一个生命
它们有着相同的摆渡

河岸上，夜色陷入沉默
（逝者如斯夫，不舍昼夜）
但底下，生命像河水一样
丢失领地

白　鹭

大地是存在的试验场
一场雪又一场雨，直到——
乏味的风骨长出蓄谋已久的绿
你在惊蛰中叹息
春天遥远的暗示

虚空中传来一道洁净的白
不羡慕风尘仆仆
倒是
这虚空的存在，又在召唤
被遮蔽的意义

大地在哪里
那宇宙中的飘浮的微尘
那微尘上无数披着枷锁的灵魂
你消失在无处不在的因果中
哪里才是自由的出路呢

而现在你知道了

你站在潮湿的枝头上
看着人们在雨雪中一次次走失
能阻止敌人的，却无法阻止你
你带着饥饿的意志
扑向大地无罪的蜉蝣

《春天》

春　天

一个男孩扯着长线
一只风筝被天空牵挂
一棵海棠被雨祝福
一朵残花卸掉妆容
一群水鸟划向湖心
一只小舟渐失方向
一匹瘦马亲吻大地
一只青蛙掉进陷阱
一个梦醒了午夜还在
一盏灯灭了黑夜退却

《地平线下的星星》

地平线下的星星

它们每一片都心照不宣
倾洒在阴冷的湖面
它们每一片都各怀心事
消失于明晃晃的天空

不要做随风逐形的云
不要做形迹可疑的水
不要做推波助澜的风
不要做不黑不白的灰

要做一束光
在黎明未至的前夜
要做一粒种子
在童心未泯的暮年

要在宽广的大地上
作一架梯子
不是为了高不可攀的天空

因为还有一些星星

在地平线以下

命运的网

她走进森林
要把消息带给
每一个动物

但野兽高度戒备
在人性泯灭的年代
没有任何一种善意
能被禽兽和解

羊群和狼共眠取暖
一只幼猫惊动一群人
狄金森终身栖居乡间
命运的网被悄然织就

我 不 知 道

早晨，形形色色的人走进大楼
被假装的热情和忙碌填满
傍晚，人们忍辱负重走出大楼
像赶赴末日的灾难遵照某种约定
在餐桌前庆祝又一次重生

苟且的营生和繁复的生活
我不知道，哪一个更让人像人
我不知道，哪一个更加苦难

我见过着装体面的父母
在街角对着孩子怒吼
仅仅因为害怕篮球意外的坠落
又或者出于不如意的一次抱怨

故作的善意和自以为是的冷漠
我不知道，哪一个更加人性
我不知道，哪一个更加真实

《凡高》

凡　高

那空白的画布
正被伟大的孤独
铺满

那火中取栗的人
在午夜割掉了右耳
十二月的声音
只剩下一种

星空此刻
正被向日葵点燃

橘　子

明黄的月色在手上剥落
宿命向你步步紧逼
你信守一生的诺言
被纤密的网包围

你在春天种下了希望
最终酿成甜蜜的毒
你在异乡人的手中作别
明月在关山万里向你致敬

你的一生被捧在谁的手上
又被谁悄悄改了模样

狼

习惯了嗜血的日子
就连石块也能撕成
骨头

十月的风暴

傍晚时分，风起了
湿冷的雨提前抵达
风暴摊开巨大的巴掌
气候被天空兑现承诺

广场上响起散学铃声
鱼贯而出的孩子绚丽的脸
写满密码的纸被一阵风紧咬

我向十月的风暴走近
警惕打量着绿色的路灯
密集的蚕卵已经破巢
向着必死的明天纷纷吃进

怒

怒是一头巨大的狮子
扑向每一只温顺的羊
也撕掉它珍惜的优雅

怒是一把上膛的手枪
射向你的每一颗子弹
最后都会落在我身上

等　待

有一天
北山的树和南山的风
终于不再彼此怨恨
它们陷入持久的沉默
不是因为空气中
死水般的寂静
而是黎明前夜
默契的等待

梦

在掀起黑色波浪的海面上
停靠着一千艘驶向梦境的船
还有一千艘在裸露的河床上
被不知名的原因搁置

旅人在身边来回走动
有的像我一样，籍籍无名
翻合着必死的眼皮，对饮着
沙滩上一堆意犹未尽的篝火

棕榈树摊开斑驳的手掌
游客隔岸观望，无法分辨
这景致是自然，还是堆砌
仁慈的馈赠又多一分

这个凌晨在稠密的夜漂流
我感觉我的呼吸我的思绪
追随即将启航的船只
要驶向雄心勃勃的梦

雪正在赶来的路上

如果一定要言说
那就道出一个词吧
哪怕最后一个字
你逼问红杉为何追慕天空
你不明白星星为何奔赴大地
不！不要同情坠落的陨石
一匹马终究要走完所有的路
才能重返故乡
被践踏的果实如果需要
那就再深一些
种子只有沉到黑暗
才能长出划破豺狼的尖刺
如果山还没有倒下
那是因为雪正在
赶来的路上